波濤双書

山夕映えす

角田寿子歌集

現代短歌社

目次

山　夕映えす

凜と輝く

明け方に鶴の化身となりて目覚めぬ汚れを夜の闇に落として

萌え出づる若葉の陰に引き継ぎを終へし古き葉ひつそりと散る

蟷螂さん声をかくれば頭《づ》を廻しわれと聞き入る遠雷の音

少年が下宿より帰りて犬を呼ぶやさしき声を包む秋の陽

秋の庭に夫と遊べる紙風船つけば昭和の音がするなり

月光を駆け抜けてゆく風と子らあとを追ひつつ駅までの道

涙ぐむやうに蕾のふくらみし白梅今朝は笑まひてきたり

混迷の地《つち》に立ちゐて見上ぐるは凛と輝く冬の満月

山 夕映えす

異常気温の去りて十月の声を聞くひと月遅れの木犀咲き出で

金色に花は咲けれど時季逸《そ》らす木犀匂はずむなしかりけり

ただいまと玄関開けて帰りくる子はいまも少年　山夕映えす

歯ごたへのなきが歯ごたへあるやうな葛切りひんやりのみどを通る

太陽と月の合体「明」の字の廻りやさしき光溢るる

水鏡こはれてかけら揺らしつつ緋鯉がぬつと顔を出したり

隣り家のクララが死せりいつもいつも留守の番にて淋しかりけむ

風少し尖りきて師走枯芝に枯蟷螂の微動だにせず

希望のかけら

節分の過ぎで確定申告を済ませたる二月の空澄み渡る

雨止みてこぼるる日差し池の面薄ら氷揺らし春始動せり

生駒下ろしに桜の花が乱れ散る若き日のわが希望のかけら

連想に連想かさねたぐりよす抜けたる記憶を眠れぬ闇に

わが人生双六遅々として上ることなし骰子《とうし》振れどふれども

大きく咲けよ

庖丁をもてるまま聞く鶯の声澄み通る朝の厨に

桐箪笥移せば青き畳あとそこだけ歳月止まれるごとし

客去りて皿の上のプリンやうやく緊張解けたるやうにくづれぬ

君は世にたつたひとつの花の種大きく咲けよ踏まれぬやうに

陶酔のいま時ならむ大蟻が花心の蜜に寄りて動かず

眠れぬまま考へあぐねてゐる闇に椿一輪音たてて落つ

桜鯛選りすぐりにはあらざれど誕生日の膳の整ひにけり

三歳の吾子連れゆきし船の旅「八甲田丸」いまもこの胸にあり

生き返らなむ

みどり濃き山を縫ひゆく遠足の子らの弾ける声がこだます

深々と眠れる闇にしがらみも仮面も脱ぎて生き返らなむ

緋牡丹の大き花びらゆつたりと飛びくる蜂をやさしく抱く

亡き父母の家居の跡に犬のをりずつとわたしを待ちゐしごとく

うつり来て二十七年ともに暮らす庭の木々に「ただいま」を言ふ

花時計

窓まどを開けて今年のさはやかな秋風通しよみがへらなむ

秋の日の暮るる日毎に早くなり花時計まで進みがちなる

何事もあきらめをらずといふやうに秋の蚊しつこくわれを襲へり

秋の陽のこぼるる道を二人して大和三山見較べゆけり

長月のわれの憂鬱しれるごと風に乱るるくれなゐの萩

柱

北国より届きたる手紙封切れば匂ひたちくるラベンダーの香の

わが裡の重たき闇とうらはらに澄み極まれる秋の青空

耐震性の問はるる世なり家柱心の柱ともに危ふし

火を時に忘るるごとし電子音の指図に動くロボットとなり

昼下りなまけてをれば潔く芝刈機の音怠惰断つ音

剪定の明日に迫れば黄の蝶も去りがてに舞ふ盛りの萩に

大き葉をあまた落として木蓮は地に存在を示すがごとし

〆切の迫れる作歌に気負ひをれば夕日すとんと力抜き落つ

ほつかりとくる

裏山に山鳩の声こもらせて今年の冬はほつかりとくる

わが歌集の出版を祝ふとミニバラの花束抱き子は玄関に立つ

目の前を浮雲の舟よぎりゆき白雲さざなみのごときがつづく

みごとなる花を咲かせし大菊を焚きてしのべりその生涯を

走り根に溜まれる落ち葉かたくなにわが掃くままに掃かせてくれぬ

わたくしはここにゐますといふやうに雑草生えゐる暖冬の庭

その父へ少女の編めるセーターは銀嶺に映ゆる青空の色

夜鳩鳴く声のとどくや冬天の星は瞬きもて応へけり

神の御手

去りゆける嵐に耐へてゐし万の冬芽を抱き山はしづもる

ペン先をていねいに拭ひねぎらはむ賀状書き終へし万年筆の

雪の舞ふ朝のコーヒー香の満てば夫は下りくる階段きしませ

昼が夜へ移りゆく青きたそがれを大寒の気のいよよ澄みたり

燦燦とそそぐ冬陽の肩を撫で神の御手なるこのぬくもりは

磨きたるグラスに期待を閉ぢこめて見果てぬ夢にひとり乾杯

「鬼は内」豆まきをればこの年も息災なれと鬼が言はむか

丸き背に小春を負へる祖母とゆきし観音不動参りもはるか

野望をのせて

三月に思はぬ真冬がやってきて閉ざせしスキー場に雪の溢るる

過ぎゆきし時につながる音ならむ水琴窟の地下よりひびく

シャガールのサーカスの馬駆け出しぬ少年Yの野望をのせて

キャベツの葉一枚剝ぐ度過ぎし日の厨のわれのみえくるごとし

出迎への少女のやうにうす色のシンビジウムを玄関におく

第一声空にひびけばときめきて待つうぐひすの次なる声を

赤黄色のチューリップの鉢を積みてきて軽トラックは春運びくる

歩道ゆくライトに照らされ一瞬を夜桜しろじろ浮かび華やぐ

薔薇《さうび》打たるる

山吹の春を遅れて咲きをれば病にありし若き日浮かぶ

鳥一羽埋めむとスコップ握りしめ春めく土を掘りてゆきたり

桃、椿、つつじ、れんげう花殻を掃けばしづけき疲れ残れり

さはやかな五月はいづこ今日もまた烈しき雨に薔薇《さうび》打たるる

降りしきる雨の中より鶯の澄む声明日への希望を持てと

寄り道

空梅雨に今日はやうやく雨を得て紫陽花はいまよろこびの色

わが庭に寄り道をせる鳥ゐて今日は羽根一枚落としてゆけり

囀りをきく自由席庭隅の大き石誰が置いてゆきしや

ＮＨＫの記者寄りて来て市議選の感想いかにと生駒駅前

ああ、うんでも返事のあるは幸いぞ夫を亡くしし友の言葉は

耀ひ合へり

雨上がりの水田の早苗いきいきと山の若葉と耀ひ合へり

夕焼けのプールはステンドグラスのごと若き日の二人泛かび上りく

思ひ乱れ眠れずにをれば子鴉の甘え声聞こえそれよりまどろむ

ふりかへる一瞬さへも過去となる庭のミニバラはらはら散れり

青梅の落ちてゐる庭ひとつひとつ拾ひてゆけり宝のやうに

ガラス器に氷まじへて素麵の山が光れり二人の昼餉

母の日のカーネーションは猛暑にも新たに赤き一輪咲けり

わが下る細き坂道真ん中に立ちはだかれる大兜虫が

風拾ひゆく

大空に向かひ少年の蹴り上ぐるボールが落とす夕の赤き陽

生きるもの総てが耐へゐるこの暑さ地球温暖化はどこまで進む

過ぎゆける風も虫の音も淋しかりいま泣くほどのこともなけれど

頭から尾まですだちをしぼりつつ二人で分ける夕餉の秋刀魚

虫の声秋は夜から始まりて炎暑に焼かれし夏も逝きたり

秋天に一機小さくありたるを夢のかけらのやうに見上ぐる

風を踏み風拾ひゆく山の道今年のかそけき秋に出逢へり

蜘蛛の巣を払ひゐる棒に止まらむと宙に浮きては待つ赤とんぼ

親子庭師

還らざる今日を送ると鐘の音の夕のひびき風にのりくる

青空を突きぬけさうに伸びる竹われももう少し伸びたきものを

ミニバラの枝にひつそり秋の蝶止まりゐて二羽花咲けるやう

父は剪定子はその助手を黙黙と親子庭師を照らす秋の陽

コーヒーを好める青年コーヒーを淹るれば童のやうにほほ笑む

神はいま

枯れすすむほどに明るさの広ごれり曽爾《そに》高原のすすきが原は

古木つつじの赤きひとひら返り花夢みるやうに小春日の中

窓枠の切り取る空は青く澄み真昼間ひとりくる年思ふ

城の堀に乱れ散りゆく桜紅葉十五万石は夢のごとしも

神はいま留守してをらむ庭隅のかまどに薄くほこり積れり

経営者がテレビにお辞儀を繰り返し「偽」といふ字の躍る年の瀬

歌会をやうやく終へて山茶花の白の昏れざる道帰りゆく

マスクしてマスクの人を避けながら混み合ふバスに揺られてゐたり

生きゐる証し

夕暮のみぞれは夜中に雪となり静けさ積むごとしんしんと降る

生駒下ろしのやさしく吹けよ藁頭巾かぶせて守りゐる寒牡丹に

少年の新聞配達のオートバイ霧にまかれて遠さかりゆく

鬼を追ふ豆まきの声聞きながらわが裡に住む鬼をみつむる

しんしんと降る雪の上満中陰に出かけゆく生きゐる証しの足跡

花の女神

一指もて薄ら氷揺らせば青空もともに動けり春はもうすぐ

二月堂の舞台にたいまつ燃え盛り煌めく火の粉降りそそぎたり

白き蝶群れ集ふごとシクラメン咲きて明るき居間となりたり

仏前に灯す絵らふそく春めきてなごやかになる仏もわれも

二つ三つ桜の花びらランドセルにつけて下校の一年生たち

幼な子はレンゲの冠戴きて花の女神に抱かるるごとし

朝もやの春の大地をゆるがして筍出でたり竹藪の中

色一切退けて咲く白牡丹豪華絢爛といふ他はなし

次々と開くミニバラ大いなる花束のやう五月の光に

味少し落つれど安全な食づくり手間暇かけて安心を食む

通学鞄に大根つめて帰る真奈は有馬高校農業科一年生

刻みゆく音

明け鴉われに早起きさせむとて生駒山麓に一声《ひとこゑ》鳴けり

二脚ほど庭に椅子だし夫は煙草われは新聞初夏の朝

水道栓の囲ひの中にいつからか棲む土蛙今日はいづこへ

柿若葉越しに見えくる法隆寺友を案内し畑中の道

やがて実る紫紺の茄子を思はせてうす紫に光る花びら

如意棒であらば楽しと骨折の友は言ひつつ杖をもちたり

秒針の刻みゆく音残生にむかひてたしかなる時を刻めり

みるとなく数学の問題みてゐたり夫との公約数はいかにと

わが残生の

森陰の涼やかな風話し声さへそよがせて夏昼さがり

狂ひ咲く紫木蓮一花二花大き葉の間に光る花びら

部屋に古る三面鏡を磨きゐるわが残生のくもり拭ふと

思はずも踏みさうになる蟻の列を逸《そ》らさむとして角砂糖おく

どの人もひとりが好きといふやうにみな端に座す電車の席を

羽化ののち

幼な子は十指を広げてさし上ぐるふんはり浮かぶ雲にふれむと

スキップの子に風光るお迎への母と帰りゆくコスモスの道

偽《いつはり》といふ字は人が為すと書く見ぬ日はなくて偽造のニュース

平城京の跡を通過しゆく時の電車は歴史に立入るごとし

羽化ののち羽の開閉おもむろに飛ばむリズムを整へてゐる

わが願ひみな叶ふとは思はねどかはらけを投ぐ千仭の谷へ

闇にあへぎ光にまよひ風に萎えけふ一日のわれの思ひは

校庭の隅にころがる球ひとつ過ぎゆく夏の忘れもののやう

秋の月有情

花びらをくるりと反らせ鬼百合がもの言ひたげに見下ろしてゐる

わが投げしパズルを夫が解き明かしゐて静かにも夜は更けゆく

旬なれば手抜きをせずに栗御飯しぶ皮むくが大儀といへど

庭先で風船ふくらますわれに寄る幼なの夢もふくらみゆかむ

満ちゆくも欠くるも秋の月有情生きとし生けるものらを照らす

青空に白き昼月消えのこり明け方のわが夢のごとしも

ガラス戸に守宮《やもり》がぴたり張りつけば灯り消す手をしばしためらふ

角度かへ見れば表情の違ふ伎芸天今日はほほゑむやうな面差し

落ち葉踏みしむ

寒空にいしやきいもの声通りいよよ師走に入りてゆけり

大根の太きをぬけば穴もまた太く深々と地中につづく

高層のホテルの窓の半分もともりてをらず木枯らし荒ぶ

病室にて二人迎ふるお正月ともに四十七年思ひもかけず

一ヶ月ぶりに帰れる夫は先づ己が指定席に深々かける

退院後始めてのコーヒーをゆつたりと夫は飲みゐる庭のベンチで

木漏れ陽の静かな光浴びながら術後の夫と落ち葉踏みしむ

この不況も焼きつくさむと冬枯れの山肌に赤々炎拡がる

孤独な白菜

置き忘れし鉢の白梅幾輪を咲かせてゐたり目覚むるやうに

あやふげに蕾まばらな白蓮は柔毛《にこげ》もて耐ふ北風の中

きさらぎの凍てつく朝紅梅のつぼみは未来を秘めてふふめり

つきるなき殺伐たる世生きてゐて掌のぬくみにも荒塩溶けず

廻り道すれば名もなき橋に出てはしなく細かき雨にあひたり

読み終へてまた読み返す民子集気づけば東の空白みくる

わが胸にころがしころがし歌一首作り上げたり出来映え問はず

何気なき一言《ひとこと》にわが傷つきて癒さむと見る疵のなき空

みづからを幾重にも包み球となしみづから守りて孤独な白菜

電飾を解かれし樅の一本が伸びするやうに枝を広ぐる

器もつ人の手に己が手を添へてコアラは水をたくみに飲める

術後の夫に

列島に遅速のありてわが町の桜やうやく開き初めたり

花吹雪舞ふ生駒山の遊園地幼なの笑顔を桜が包む

全山の芽吹の中に踏み入れば元気出でこむ術後の夫に

わが家に何を告げむとする鴉居間を見ながら低く飛びたり

陽の光埋めこみながら土ならしチューリップ水仙球根植ゑゆく

主婦の停年

濃き薄きみどりこきまぜ生駒山青き宇宙をつくりてゐたり

連休の五月といふに騙し討ちめきたる余寒の列島を襲ふ

会話少なき夫とのくらしある時は孤独の淵に沈みゆくごとし

わが胸のゆらぎにも似て定まらぬ真夏日の次は若葉冷えの日々

いまもなほ厨がわれの居場所にて主婦の停年ある筈もなく

暗黙の了解

雑草のやうにか人もまた光射す方へ向ひて生きのびてゆく

一車両に修学旅行の中学生あふれむばかり京都行特急

登山帽脇にはさみて拍手《かしはで》を打つ父にならひて子も拍手せり

止まりたるままの時計に電池を入れ過去へもどしてやり直せずや

いかづちは青すぎたてて邪《よこしま》にまみれる星を怒りてをらむ

亡き友の夢に来し夜の明けたれば写真に点てる一服のお茶

うなされて目覚めし夜半のぬばたまの闇にみえざるものへ見ひらく

その時はその時いまを生きゆかむ暗黙の了解術後の夫と

耳さはやかに

嵐去り朝の厨に聞く蟬の声さらさらと流るるごとし

梅雨荒れて豪雨襲へり温暖化を止められず人は自らを責む

風は肌花は目鼻を鳥は耳さはやかに秋が触れ合ひにくる

山の上に大き月の出でくれば応へるやうにかなかな鳴けり

尼寺へ誘へる道に乱れ咲く紅と白の萩の花道

ルビーのやうな
ぽつぽつと粒に落ちくる雨の線となるまで草を引き続けたり

阿修羅像都へ行きし長《なが》の旅興福寺の伽藍にもどる日を待つ

山形より佐藤錦の届きたりルビーのやうな輝き放つ

初夏の香りただよふ鮎を焼き枝豆もゆでて厨初夏

抜け道も近道もなきわが地図をひろげ辿れり幾歳月を

追憶の川

投げ上げられしごと柿の実は陽を浴びて散らばりてをり奈良の青空

古手紙遠き思ひ出束にして燃やす炎の残す輝き

見上ぐれば来し方思はる天の川追憶の川のやうに流れて

倒れ伏しなほ倒れつつコスモスは風を招きて立ち直らむとす

阿修羅像無事帰山してしなやかな御手に待ちゐし人らを招く

逝きたるのちに

ひつそりと冬の空から降りてくるやうな郵便受けの喪中のはがき

わが庭の楓くれなゐを極めたり雨だまりに水鏡して

得ることは失ふことと裏表生死も同じと冬の雨降る

持ち時間使ひ果して友逝けり人生といふ船より降りて

病室にて友のしたためし一枚のはがき届きぬ逝きたるのちに

夕鶴めけり

暗き世を照らし自ら身を捨つるやうに散りゆく銀杏しぐれは

あかあかと燃ゆるコンロに子ら集めすき焼したる父のいましき

過ぎし日へ呼ばれるごとく裏山へ上りてゆけり落ち葉踏みしめ

犬とゆく人らの増えて幼な子の手を引く姿この頃は見ず

凋落の光の中をひそひそと死者たちがゆく初冬の朝

暮れなづむ冷えゆく厨に立ちてゐてわれはいつしか夕鶴めけり

新しく編み上げられし巣が庭に落とされてゐつ何鳥ならむ

あなたの落としてゆきし巣はわたしが預かりましたと枝の間におく

乱調の春

時折は小雪舞へどもわが庭の片隅ひかりの笑まふがごとし

大寒波陽射しも時に入りまぜて古家を叩くいたづらつぽく

大空へ阿修羅のやうに手を伸ばし白木蓮は寒風に立つ

受験子が静かに寄りて結びたる絵馬より馬が駆け出してゆく

咲き盛る桜花びら雪被きふるへてをりぬ乱調の春

鳥となるまで

三月は手のひら返し南風の返す力に北風荒ぶ

春疾風、春の突風、彼岸荒れ、春の嵐を人は名付けて

春風のあとは黄砂が飛散して身も心もざらめきてくる

底力見せ老木の梅咲けりそのひと枝に目白来てゐる

囀りの声聞きながら春山の鳥となるまで二人過せり

春うらら歌となりたる隅田川画像に見入る若き日の川

大砲の弾のやうなる筍が並べられゐる野菜売り場に

ドロップの缶を揺すれば幼かる日の思ひ出のカラカラ鳴れり

育める音

ともかくも寒暖くり返し春逝きて衣更へせず初夏とはなりぬ

灯《ひ》点せば灯の色となる白牡丹何色にもなる白は自在に

標本のやうに揚羽が墜ちてゐて触るればかすか羽を動かす

群生の石楠花に寺はかこまれて極楽浄土のあるやも知れず

泣き顔も笑顔も声もいとしくて幼など砂の城作りゆく

博物館出づれば寄りてくる鹿にしばし相手す奈良の夕暮

耳当てて樹液の音を聞きてをり楠の若葉を育める音

張り替へし障子に映る新緑の影のうごかず今日は大暑ぞ

みどり深々と

生駒山のトンネル抜けて子の車に夫を連れゆく術後の検査に

すぐ前にみゆる大阪城の天守閣みどり深々と内堀も見え

夫の術後一年半が過ぐこれからの無事を祈れり天守閣に

透明のエレベーターにて上昇す世間を眼下に見下ろしながら

高齢化進みゆく街か初めての介護施設のマンションが建つ

われの故里

炎天の大地を鎮めて雨となり生き返るやう庭の樹樹たち

今朝もまた戦ふごとく草を引く芝を侵してくる庭に出て

ねぢ花の螺旋を登りつめし蟻もろともに揺るる夕の風に

こだはりの心に残暑はりつきてますます悩みの深まりてゆく

三味線を掻き鳴らすごとくクマゼミが烈しく鳴けり朝早くより

暑くても食欲があるがありがたく生き伸びてをり八十のわれ

抵抗をしてもどうにもならぬならなりゆくままに時を過さむ

生駒市光陽台二百六十五番地は故里のなきわれの故里

甘き風

空に咲き川面にきらめく遠花火散りて消えゆきて漆黒の水

秋は鳴く虫の声細くなりゆくにわがたそがれを思ひてゐたり

淋しさをみすかすやうに鳴る電話受話器とる手の少しときめく

なつかしき祖母の訪ひ来る心地して木犀匂ふ庭に降り立つ

ブランコをこぐ少年の蹴り上ぐる大空はたちまち澄み渡りたり

カルテ見る医師の眼やさし検診の結果に希望の光さしたり

セレナーデ奏でるごとき甘き風なやめるわれの頬にふれゆく

古里が好きといふやうに赤とんぼ今年の今日もわが庭にくる

この年もゆく

アルミ箔に食べ物包み冷凍す買物に度々行かれずなりて

食べ頃となりしラ・フランス柔らかく子が喜びて食みてゆきたり

妹は花作り兄はロボットに夢中にさせてこの年もゆく

お隣とわが家の枝に糸わたし大きお城のごときを張る蜘蛛

真奈が来て手伝ふと言ひにつこりと息子に似たる笑顔を見する

顔映し心映して

花びらを少し震はせ真白な霜の朝に咲く冬薔薇《さうび》

顔映し心映して初鏡今年はくもらすことなく過さむ

父と夫と息子の縁《えにし》に生きて来て三代が守りくれたるわが人生

虫入れど枯れつつもなほ紅葉せる古木のやうにわれも生きたし

休みては休みて家事するほかなしと医師は言ひたり腰痛われに

手すさびに

トンネルを過ぐれば雪国そは今日の生駒なりけり大雪となる

みるみるうちに積もりゆくなり美しき魔物となりて雪降りしまく

主婦の仕事あれこれ終へてやうやくにわが裡の鬼も手を洗ひたり

手すさびに菜の花浸し昼の膳今年もひなの内裏飾らむ

われのゆく路上をあとにさきになりほどよくつきくる烏が一羽

下萌えの力大地を押し上げてみどり豊かに苔おほふ庭

春彼岸母の墓前にぬかづけば五歳に別れし無念を思ふ

早く母を亡くし姉妹も娘もなく女の縁は祖母と孫ひとり

わが分身

紅薔薇に吸はるるごとく寄りてゆく黄の蝶追へば春の気配す

桜葉の香のしつとりと染むる餅春を食みゐる思ひにいただく

片われの二つの手袋捨てきれずわが分身を失ふ気がして

受話器の向かうに口ごもる気配あり察してわれも口ごもりをり

週一日子が来るやうになり電子音が二階にひびく老後のわが家

余震いくたび

未曾有の大災害が写し出されわれの無力のつのりつきせず

何百回の余震のニュースにぶらんこの揺れさへ今は好まずなりぬ

大津波の死者の名簿に一歳とありて春寒寒き朝なり

物不足節電といふ語を聞けば遠き昭和の甦りくる

春の日に遊ぶ子の未来暗かりと原発を恐れゆれ動く列島

いちめんの瓦礫の山に一本の桜が咲けり希望のごとく

東北の漁師はそれでもいつかはまた必ず海に出ると言ひたり

あたたかき春の光は身のめぐりすべてを包み癒してくるる

青き風

子ら減りて鯉泳ぐこともなくなりぬわが住む空もむなしき青さ

二個三個数個が落ちて梅の実の熟しきたれば漬け頃となる

突然に地デジケーブルアナログと画面乱れてわが思考も乱る

鶯の澄みたる声に促されけさの重き身おきあがりたり

節電といふ馴れぬくらしの強ひられむ入道雲わく空を見上ぐる

ふり返る月日は青き風になりわれをやさしく包みてくるる

セザンヌの絵のごと葡萄梨を盛りスケッチブックをやをら取り出す

重き石が心の石が軽くなるみどりしたたる山を仰げば

秋の伝ひ来

息つめて硯の海に光る墨の中にはじめて毛筆おろす

かろやかに小舟漕ぎ出す水色のシーツの上を進むアイロン

一匹と一人の影が重なりて夕陽を背《せな》に上る山道

朝々に庭の落ち葉を掃きゆけば箒の先に秋の伝ひ来

ゆっくりと来て急ぎ足の秋なりき朝夕早くも冬の気配す

兜虫

終戦の日の湖に漕ぐボート天の川へと向かふがごとし

豌豆の五つ子押し合ひ育ちゐてはじけ飛び出す莢をむく時

灯につられ窓辺に寄りくる兜虫はばたく姿の怪物めけり

夜の庭に佇てば天地より虫時雨身も心も融けゆくごとし

二日間に五百ミリもの雨降りて日本列島水浸しとなる

音符の精

やうやくに台風の去りたる朝《あした》庭一面の芝のきらめく

萩の花いつも小さき風連れてほほゑみゆれるやさしくゆれる

ピアノ曲洩るる子の家門入れば音符の精ならむ赤とんぼ舞ふ

コスモスの陰に三輪車あるごとし遠き日の吾子の忘れものにて

ストローにみどり上下し飲むソーダ水喫茶店に二人話もなくて

千年に一度の地震《なゐ》と千年に一度の出水列島あやふし

金婚の今朝のコーヒーほろ苦しなほいくばくの余生かと思ふ

小春日を東大寺前に遊びゐる避難して来し東北の子ら

葉元摑みて

ふと見ればソファーの横に蟷螂が鎌を合せて動かざりけり

ソファーのわが足許に来たれるは庭で声かけし蟷螂ならむ

よく来たねと言へばじつとわれを見て微動だにせず絨毯の上に

あの蟷螂ときめ手はなきが家の中のわが傍らに来るが不思議よ

陽射しごとぬきたるごときを下げ帰る太れる大根の葉元摑みて

若者と煮たる大根ほろ苦くほろ甘くしてこれぞ大根の味

灰色の雲厚き夕大根を下げつつ真奈は下宿へ帰る

しばらくは川のほとりに映しをり澄みたる水に澱む心を

予報に反して

木枯らしの吹き荒ぶ庭の片隅に友の遺しし寒椿咲く

この年も山茶花二本咲き盛り淋しき冬の庭を彩る

山茶花の花が一輪ゆれ動く珍しや雀二羽の訪れ

トンネルを抜ければ冬陽すでになく針のやうなる雨降りてゐつ

明け方は五センチの雪が積もるとかなれど陽の輝る予報に反して

川流る

限りある命と知れど友逝きて出会ひより七十年来し方思ふ

山焼の焔に連なり炙りいづ枯れたる筈のわが情念は

破れてもつくろひながら夢を追ふ未練に生きて八十余年

十津川は牙むく川なれど命の川共に生きると村人は言ふ

参拝を終へて下りゆく石段に風のつききてわれを連れゆく

生駒山の光あつめて川流るささやくに似て春はもうすぐ

美容室を出づればひんやり首筋を撫でゆく風も少し春めく

とこしへに三月十一日なりただならぬ世に老いてゆく八十路のわれは

透明の乱

雷神がまだどつかりと生駒山に居座り給ふ闇にをののく

明け方より大気不安定風烈しくニセアカシアの花乱舞せり

ありがたうすみませんを日にいく度大事にならぬやう二人して

夫もわれも体調不安定この頃は老いの二人の家庭乱るる

サランラップわれのあせりを知れるごともつれて切れて透明の乱

一鉢の林檎の花が咲き出せどいつものやうに見事には咲かず

庭隅の樫の木にしんとたれ下り静かに蛇の衣をぬぎゐつ

わが心われとなだめて立つ庭にチューリップは芽を出しはじめたり

神の恵み

三十八年ぶりにトキのひなが巣立ちして一年後には一人立ちするとぞ

夫への介護が限界と思ふ時神の恵みか入所が決まる

忘れ得ぬ四月となりぬグループホームに夫の介護を委ねきたりて

家にゐる時よりも元気なる夫に子らと安堵の思ひを交す

夫とわれと一人暮しとなれる四月二人のこれまで偲び明かす夜

連休に息子一家と夫に逢ふ孫とにこやかに話すがうれし

その服装その雰囲気に接しつつ先づは恙なく暮しゐると思へり

別れぎはに「みな元気でやりなさい」淡淡と言ふ言葉胸に沁む

明日へ跨ぐ虹

夕焼けに染まる玻璃の戸外《そと》みれば明日へ跨ぐ虹の立ちゐつ

夫の言葉病気がそれを言はすると思へばさからはずうなづいてゐる

子と夫の面会にゆく今日は少しご機嫌ななめと介護士は言ふ

介護士は腰をおろして車椅子の夫と同じ目線で話しゐつ

困つたこと心配なことなきかなど問へる子におまへたちが心配と

夫の手を包みこみまた来ますねと言へばうんうんと深く頷く

支へ今失ひて知るすべてのこと一人でせし来と思ひ上がりしを

白蝶と黒蝶が舞ひ交ひてわが庭を訪ひ来る梅雨の晴れ間に

眼やはらぐ

八年ぶりに訪ねくれたる弟をじつと見つめて夫はほほゑむ

一人子が今日五十歳となるわれの天使と思ひ育て来し子よ

三十六度の猛暑日といひしが戸を繰ればなでゆく風の今朝は秋風

今日は真奈と二人で夫に会ひにゆく孫を見つめて眼やはらぐ

背の山は夕日を早く沈ませて猛暑の火照りやはらげくるる

降りつげる雨に雑草がいきほひて庭の草取り追はれるわれは

遠のきし雷《らい》もどりきて鳴り出だすかみなり様は生駒山が好き

ひぐらしの声降りしきる朝ぼらけ稀なる猛暑のフィナーレのごと

夫の応援

移り来て三十余年経し庭の木々わが家守りて大きくなれり

剪定が終り梅の木は葉のすべて落とされ墨絵のやうに立ちゐる

きりぎりすも温き居間が恋しきや追つても追つても窓に寄りくる

グループホームの消防訓練に参加せりつぎて運営会議との日々

運営委員を務めよといふを引受けぬ夫の応援ともなる思ひに

心あつめて

久々に茶をたてをれば秋雨の押さへるやうな雨足止まる

ひと雨ごと風吹くごとに冬支度今日は石油をまとめ買ひする

今朝もひとり山に向かひて祈りをりこの指先に心あつめて

今日は丁度夕食時に夫と逢ひ食事の様子を子と見守れり

ひとりにも馴れよと思へばなほ共に過しし五十年胸に溢れ来

夫の気配

一人居に吹く木枯らしのなつかしく鍋もの作れば夫の気配す

元気な時とそつくりの夫の笑ひ声聞きたり真奈と何を話せるや

グループホームのクリスマスパーティーに参加して楽しき時を過せり今日は

三日とは続かぬ小春日和にて陽気も世間も不穏のつづく

わが庭の千両を根じめにたつぷりと使へば白き菊の映えたり

逢へばいつも手の指の爪切りくるる嫁の圭子を夫は待ちゐむ

社長はじめ介護のスタッフ職員もやさしくて見舞のわれも励まさる

胸に夫を思ひ浮かべて歌詠めば逢ひゐるやうに心やすらぐ

いのち思へり

時計屋も眼鏡屋も百貨店より消えどこへいつたか一月寒し

元日におせちを祝ふ夫の写真満足さうでみるもうれしき

ほつとしてをれどその夜更けホームより電話がありて子とかけつけぬ

変りなきやうにみえしが夫の肺に水がたまりて危険と医師は

時間とは苦しきものよ刻々にいのち思へり夜はしらみゆく

夫永眠す

一月三十日午前五時三十分夫永眠す享年八十歳

おだやかに逝きたる夫の手をとりて溢るるは熱き感謝の言葉

逝く前夜二人の暮らしし五十二年を語り合ひしが最後となりぬ

葬儀の客に心をこめて語る子の父の思ひ出われも聞き入る

かけつけてくれし多くの介護士は棺をかこみてすがりて泣くも

時の中

夫逝きて四十九日も過ぎゆきて四月半ば蔵書の整理始まる

教へ子といつても大学教授二人書斎にこもり書を点検す

豆腐基調のくさぐさの料理楽しみぬ久留米を本拠の「梅の花店」に

豆腐好きの夫なりければよろこばむと思へど教へられしは先日

何事がありても時は過ぎ移りわれの大事もその時の中

写真の夫は

戸を繰れば郷《さと》より澄める鶯の一声わが住む山にとどきぬ

ドア開くや蝶の入り来て停車駅乗り降りの人のなく昼下り

春の雲われと道草するやうに歩めば動く動かし歩く

山で待つ子のためならむパン一枚しつかり咥へて鴉がゆけり

白牡丹散りてその夜闇深くわがうちの闇も広がるばかり

ありし日のやうに朝夕話しかく写真の夫はいつもにこやか

花桐の香の漂へる樹下に来て共に立ちゐし日を思ひたり

真奈はいつも花の土産を携へて訪れくれぬ今日はフリージア

妻らの会話

一間半と一間の壁面天井まで造れる書棚の蔵書運ばる

千冊ほどの夫の書なれど目の前にあるものなきに心乱るる

蔵書なき夫の書斎はがらんとして二人の五十年ここに終れり

この年の一月わが家六月に隣家夫を逝かしめたりき

両家ともおだやかにしてつつがなく夫を送りしことすくひとせむ

かの世では二人の夫があいさつを交しゐるらむ妻らの会話

数々の思ひ出に惑ふひと度は捨てむときめしこの三面鏡

週に一度われの様子を訪ねくるる子は帰る際何思ふらむ

やさしき眼差し

今の世を洗ふがごとく夕立が烈しく来たり天の怒りか

水色に暮れてゆく空猛暑にてありしがやはりさはやかな夕

風鈴に留守をたのみて胃の検査に出かけてゆきぬ一人となりて

廊下の窓に広がるまほろばの里を望みて検査を待てり

先生も看護師さんもやさしくてよき誘導に無事検査終れり

検査結果の異常なきを知らされて安堵するも今後のきびしさを思ふ

枷とけて気楽寂しさ同居して否応もなく日は過ぎてゆく

心うち分かるとやさしき眼差しの夫の写真に受けとめられ生く

あとがき

この度第二歌集として『山 夕映えす』を出版することになりました。平成十八年の第一歌集から七年間の作品を一部を除いてほぼ年代順に四百二十九首を収めました。

作品をまとめているうちに短歌に関わる現在までの五十余年が思い起され、恩恵を享けた先生方との出会いが浮かびました。先ず昭和三十三年四月母校の近代文学研究室に呼びもどして下さった人見圓吉先生、先生は当時近代文庫の設立と近代文学研究叢書の発行を進めておられ、助手として書籍の購入、管理と叢書の執筆など厳しくお教えを受け鍛えられる日々でした。また木俣修先生、成瀬正勝先生が週二回出講され、木俣先生はさりながら成瀬先生のご指導の数々は忘れ難いものがあります。在職五年間に美妙、嶺雲、愛山、抱月、臨川と書きましたが校閲は殆ど成瀬先生で、その他学会誌、学園誌、出版誌の執筆、学会の研究発表などすべて先生にご相談して原稿をみて頂きました。「国文学」に「明治文学年表」を作成した折、先生から「あなたはすぐにわたしの講義を聴きなさい」となかば命令調で言われました。その講義は当時明治十八年頃から二十年代を調べていた私には音をたてて明治が迫ってくるようで目の覚める思いでした。

この頃から近代文学会運営委員として事務局を手伝い、学会長の吉田精一先生とお会いし、その弟子で同じ運営委員の角田と出会って結婚することになりました。それからはお仲人でもある先生に公私ともにご指導ご配慮を賜り今日に至って居ります。

昭和五十六年長男が家を離れた頃「形成」に入り、ついで「波濤」に参加しましたが、その当時から現在まで二十年間ご指導を享けている先生と出会い歌のさまざまを勉強させて頂きました。今日歌集を出せるのも先生のお導きによるものと思って居ります。本当に諸先生の恩恵のもと今日まで生かしめられたと思うこの頃です。

本年一月主人が他界しましたが、生前第二歌集を是非出しなさいと励ましてくれていたので、平成二十六年一月の一周忌の霊前に供えたく思い出版をきめました。

中島やよひ様にはご多忙のところご配慮を賜り深く感謝申し上げます。出版に際しましては現代短歌社の道具武志様、今泉洋子様のお力添えを頂きました。御礼申し上げます。

平成二十五年十二月

角田寿子

歌集 山 夕映えす 波濤双書

平成26年4月8日 発行

著 者 角 田 寿 子

〒630-0247 奈良県生駒市光陽台265

発行人 道 具 武 志

印 刷 ㈱キャップス

発行所 **現 代 短 歌 社**

〒113-0033 東京都文京区本郷1-35-26

振替口座 00160-5-290969

電 話 03(5804)7100

定価2500円(本体2315円+税)

ISBN978-4-86534-018-1 C0092 ¥2315E